인생은 막걸리에
사이다 살짝

KB191915

인생은 막걸리에 사이다 살짝

초판 인쇄 | 2024.10.7
초판 발행 | 2024.10.7

지은이 | 장경자
편집 | 사라
표지 디자인 | 손혜선
발행인 | 변은혜
발행처 | 책마음

출판 등록 | 2023.01.04 (제 2023-1호)
주 소 | 원주시 서원대로 427, 203-1401
전 화 | 010-2368-5823
이메일 | book_maum@naver.com

값 18,800원
ISBN | 979-11-989368-0-6 (03810)

인생은 막걸리에 사이다 살짝

장경자 지음

책마음

프롤로그 ◇◇◇◇◇◇◇◇◇◇◇◇◇◇◇◇◇◇◇◇◇◇◇◇◇◇◇◇◇◇◇◇◇◇◇◇

하고 싶은 말은
많은데

들어주는 이가
없어

끄적이기 시작했다.

나에게만 오는 것 같은
인생의 쓰나미....

그 이유를 몰라

끄적이는 글에
원망도 실었었다.

조각나
먼지처럼 흩날리는 마음을

주워 담을
그릇도
필요했으니까.

지금은 내 글에

쭈그려 흐느끼는 누군가
풋방귀 새듯
피식

웃음이 나기를...

그 웃음 끝에
따끈한

밥 한 공기
먹고 싶기를...

그 한 공기의 밥심으로
벅찬 오늘을 살아낼
실낱같은
기운을 얻기를...

투박한 내 글이

마음을 쓰다듬는
반푼어치의

위로라도 되기를...

쓰는
나에게도

읽는

너에게도
.
.
.
.
.
.

#만만하지 않은 삶은
#늘

#멀쩡한 정강이를
#걷어찬다

#삶의 매질에
#주저앉아

#우는 놈 옆에
#가만히 있어주는 것도

#위로라면

#우린 서로
#충분히
#함께

#위로할 수 있다.

장경자

목차 ∞∞∞∞∞∞∞∞∞∞∞∞∞∞∞∞∞∞∞∞∞∞∞∞∞∞

EPISODE 2
이심전심? 동상이몽!

EPISODE 3
부모라는 이름으로

EPISODE 4
오지랖퍼의 시선

EPISODE 1

나만 그래?

집에 있지만 집에 가고 싶다

나도
내 몸 하나만
쓸고 닦는다면

나도
내 얼굴 하나만
찍어 바른다면

나도
내 옷 하나만
챙겨 입는다면

여유롭고
폼나게,

쌔끈하고
쿨하게,

문밖을 나설 수 있겠지.

다 된 빨래는 징징대고
널브러진 식탁은 주정질이고
씽크대가 난리굿인데

현관 앞에 서서

아직 멀었냐고
그 정도면 되었다고

깊은 빡침을 숨긴

위태로운
감언이설만 아니라면

여유롭고
폼나게,

쌔끈하고
쿨하게,

그려도 그려도
짝재기인 눈썹에

내 손모가지를
원망하지 않고

나설 수 있것지

.

.

.

.

.

#어디 한번 가려면
#혼자 분주하다

#이쁘다고 산 옷들은
#어쩜 하나같이 맘에 안 들고

#얼굴에 붙은 눈 코 입은
#새로 다시 만들어야 하며

#정수리와 뒤통수엔
#사람 하나 숨길
#볼륨을 건설해야 한다

#집은 전쟁통인데

#기다리다 지친 남편은
#소파에서 코를 곤다

#아직 집인데....
#간절히

#집에 가고 싶다...

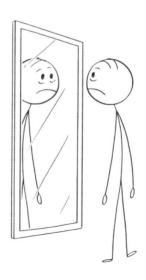

살려면...

세탁기 속에

함박눈이
내렸다.

저 좁고...
저 깊은 곳에

누군가의 호주머니를
비집고 나온

그 얇은
휴지 뭉치는

허어연 눈발이 되어

검은 옷들 사이사이
빼곡하게 내려앉아

보란듯이
존재감을 뽐내며

재랄이...

재랄이...

재랄이다....

그날이 그날인
무료한 날들에

누구를 위한 서프라이즈인지
알 수는 없으나

오늘...

나는...

죽었다고 본다.
.
.

#우야꼬.......
#분명 호주머니를 다 뒤졌는데

#어디서 나왔는지 모를
#휴지뭉치로
#세탁기 속 검은 옷들이
#나발이 났다

#한참 들여다보다
#조용히 뚜껑을 닫고 짐을 챙겼다

#그냥
#미친 척

#이 집구석을 나가야 한다.

#목숨을 부지하려면.........

최면

알람이 일으킨 건 몸뚱아리라
여전히 바닥을 헤매는
정신머리.

밤새 뭉개 쩌어억 갈라진
뒤통수 가르마.

곰 한 마리 어부바한
천근만근 팔 다리.

문신이 되어버린
땡땡이 파자마.

아무도
아무짓도 안 했는데

튀어나올 대로 튀어나온
짜증이 장전된 주둥이.

그럼에도 불구하고
아침 드라마의
여주인공이라 착각하는
죽지 않는

나의 이 뻔뻔함.
.

.
그 뻔뻔함으로
뻔뻔하게 차린 아침상을

30년째 투정 없이
잘 먹었다로 마무리하는 남편.

내가
형과

헤어지지 않는 이유.
.

.

.

.

#살면서 나에게
#이쁘다도 없지만
#밥맛 떨어진다도 없는 형

#주면 주는 대로
#안 주면 안 주는 대로
#큰 불만도 없는 형

#어쩌면 형은
#깔끔한 아내가 차린 밥상이라
#스스로 최면을 거는

#비위 좋은 사람일 뿐

#어쩌면 나는
#비위만 좋은 형을 이쁘다고
#스스로 최면을 거는

#정신 승리자일 뿐

#결혼은 레드~~~ 썬!!!!!!

워쩐댜아~~

아아악!!!!!!

아이고~

이게 뭐여....

머리를 감고
눈을 뜨니

배수구에

머리 풀어헤친
귀신이

정수리를
들이밀고 있다.

나의 육신은
이제 슬슬

머리카락도
놓아버리려 하는구먼

몸뚱이는 ktx.

마음은 소달구지.

워쩐댜~.....

워쩐댜아~~.....

.

.

.

.

.

#야...
#진짜....

#인간적으로
#머리카락은 안되지이!!

#머리카락 붙잡으려

#먹은 것들로

#불룩 솟은
#배가

#이제는 발등과
#쎄쎄쎄를 하는데....

#세월...
#이노무시끼

#머리카락은 안돼야!!!!!

정상일걸?...

친구와
신나게 수다떨다 보면

슬그머니 출동하는
머릿속 지우개

말을 꺼낸 이유도,
하려 했던 말도,

그놈의 지우개가
싸아악 지워버려
순간

백지가 된다.

수다 떠는 내내

수시로
무시로

주거니
받거니

신만 아는 그 영역에
물음표를 날리며

지금 내가
이 말 왜 하냐......

지금 내가
무슨 말 하려고 했지??......

애원의 눈빛을
날려보지만

나와 크게 다르지 않는
친구의 눈은

머릿속을 맴도는
지워진 자신의
다음 말을 찾는라

무수히도

분주하다.

.

.

.

.

.

#내가 박치면
#친구가 북치며
#북치기 박치기 북치기 박치기

#장단 맞춰 잊어버린다

#시작은 했지만
#길을 잃은 이야기는
#수도없이 삼천포로 간다

#할 말을 잊으면 어때
#다른 이야기 하면 되지
#친구는
#제왕절개의 찐한 마취 탓이라며

#30년 전 태어난 자식을 탓한다

.

.

#친구야.......
#너

#자연분만이야

#............. 그래??...................

#아하하하하하하하하.........

또 까묵없네...

어찌 알겠누...

부모는
자식이 겪을 사춘기를

자식이 가장 예쁠 때부터
준비를 한다.

그 빛나는 한때의 기억을
가슴에 품고

폭풍우치는 밤을
온전히 버텨낸다.

그럼
부모의 갱년기는...

자식에겐
그저

아유~!!

왜 저래! 진짜!!.....

딱....

그 정도.

딱...

고 만큼.

.

.

.

.

.

#사춘기를 겪어본
#부모는

#자식의 질풍노도가
#이해되지만

#갱년기를 겪어보지 못한
#자식에겐

#이해하려 해도
#받아들여지지 않는

#조증과 울증을
#넘나들며

#동해번쩍 서해번쩍
#여기저기 나타나
#계속 열받고 있는

#삭신 쑤시는
#홍길동 귀신일 뿐

성은 요 이름은 실금이

뭐가 그리
웃기는지

길을 걷다 한번 눌러진
웃음 버튼이

기어이 사달을 냈다.

배꼽을 부여잡고
웃다가,

허리를 뒤로 꺽으며
웃다가,

목젖이 장구를 치게
웃다가,

하나는
전봇대를 부여잡고

다리를 꼰 채 심호흡을 하며

관세음보살을 찾고,

하나는
한복 입고 절하는 새색시처럼
보도블록에 주저앉아

주기도문을 중얼거리고,

하나는
아차 하면
자신의 의지도 봉인 해제될까

두 눈을 질끈 감고
흐르는 웃음을 잘근잘근 씹으며

정신일도 하사불성을
외쳐

저들의 주접을 외면한다.
이젠

실컷 웃는 것도
실컷 뛰는 것도

슬금슬금
실금실금

눈치가 보이는

나이다.
.
.
.
.
.
#깜빡이는 횡단보도를
#건너려는 과욕은...

#닫히는 전철을 잡으려
#두 칸씩 내려가는 무모함은...

#줄넘기로 살을 빼겠다는
#소녀감성은...

#길바닥에 모든 걸
#내려놓겠다는

#무아지경의 정신승리

#그렇게 깔끔하던 시어머니
#그렇게 씩씩하던 친정엄마의

#두둑한 엉덩이의 비밀을 알고
#울컥했던 날이 있었다

#나이를 받아들인다는 건
#나이에 익숙해진다는 건

#참....

#쉽지 않은 일이다

주책바가지

지인의 딸 결혼식에

혼주처럼 차리고 앉아
매 순간

내 딸을 보내는
심정으로

예식 순서에 맞춰
감정이 널뛰기를 한다.

신랑 신부의 입장부터
명치가 예사롭지 않더니

양가 부모에게
감사인사를 할 땐

소문이 무성해질
숨겨진 신부의 엄마인 양

테이블의 냅킨을
입에 쑤셔 넣으며

오열을 했다.

남의 딸 결혼식은

그때의
내가 소환된다.

남의 집 결혼식은

내 자식과의 헤어짐도
그리 멀지 않았음을

심장의 아련함으로

짐작한다.

.

.

.

.

#남의 집 경사에 초 칠 만큼 울었다
#그렇게 울더니

#코스로 나오는 요리엔
#또 온갖 감탄사를 연발하며
#신나게 핥아먹었네...

#누가 보면
#차려입은 상그지인 줄...

#요즘 결혼식은
#양가 부모의 편지가
#주례를 대신하고

#신랑신부는
#몇 번의 옷을 갈아입으며
#결혼식을 파티로를 만들더라

#주책맞은 눈물은
#왜 그리도 나는지....
#아마도

#고난의 행군 전

#최후의 만찬임을

#너무나 잘 알기 때문일 듯

칠득이 놀이

여행 가는 아들의
몸상태가 꽝이다.

한껏 눈치가 보여
내 둔한 몸에 빠릿빠릿을 장착해
분주히 짐을 싸며

모자 챙겼냐고 묻자

"아~참~ 모자... "
"앙. 빠.. 르...... 띠..... "

내 몸은 벌써 아들방에서
모자를 찾느라 분주하다.

앙빠르띠....
앙빠르띠....
앙빠르띠....

"아무리 찾아도
 앙빠르띠라는 메이커는 없는데?!"

"앙빠르띠???? "
아들눈에 물음표가 떴다.

"앙빠르띠꺼라며 모자가!... "
내 눈에 짜증이 떴다.

"엄마.................... "

"왜!!!?"

"모자 안 빨았지....
라고 말했어 나는....."

....

귓속에도

살이 찌나 보다.......

#아들은
#나 때문에 더 아픈 것 같다고
#머리를 주무르며 나갔다

#앙빠르띠라니
#불란서꺼냐
#이태리꺼냐

#내 귀엔 분명
#앙빠르띠였는데.....

#귓속에 살이 옴팡 쪘거나...
#귓속에 누가 살거나...
#아니면

#점점 칠득이가 되어가거나...

설마.. 납치??

상냥한 목소리,
확신에 찬 음성,
언제나 그랬듯

너를 믿었다.

우회전하라면 우회전,
좌회전하라면 좌회전,
유턴하라면 유턴

가끔은

가까운 길을
돌아가는 걸 알면서도

군말도,
의문도 필요 없는,
너를 향한 맹목적인 믿음.
우린

그런 사이라 생각했는데.....
도대체....

도대체 !
여가 !
어디여어 !!!~~~~.

설마....
네비게이션

네가.

나를.

납치???!!!! ....
.

.

.

.

.

#153번지라 읽고
#135번지로

#내비게이션에 입력했네... 쩝.....

#을지로 뒷골목
#으슥한 선술집 앞에서
#목적지 도착이라는 네비음성에
#을매나 놀랐는지

#온몸의 모든 구멍이
#순간
#다

#열려부럿따아......

그라믄 안되에에~~

내가

콜록콜록
전염병 걸린 것도 아니고,

폭우 치는 밤
검은 우비 입은 것도 아니고,

깍뚝머리에
온몸에 너저분한
그림이 있는 것도 아니고,

시커먼 도포에
갓을 쓴 것도 아닌데

탁탁탁탁탁타타타타탁탁!!!!!!

부서져라
엘리베이터 닫힘 버튼을

눌러대는 남자 !!

급똥이라면
모를까

방광이 새고 있다면
모를까

젊

은

총

각

그라믄

안되에에~~!!!!

.

.

.

.

.

#사람이

#뒤에 오고 있는데

#엘리베이터 닫힘 버튼을
#백만번은 두드리는 젊은이

#나도 내 팔을
#가게트팔처럼 늘려

#올라가는 버튼을
#백만 스물한 번 눌러

#기어이 잡아타며

#멋쩍어하는 총각에게
#인사를 했다

#기다려주셔서

#감사합니당~~~

누구~게~~

선글라스로
얼굴 반을 가리고,

마스크로
나머지 반을 가리고,

파라솔만 한 모자로
몸뚱이 반을 가렸는데....

자기야~

동네 엄마들이
나인 줄

어떻게 알지~~~?

....

그리고 다니니까 알지.....

#형!
#형 설마....
#내가 창피한 건 아니지?

#형!
#형 설마...
#남남처럼 보이려고
#앞서걷는 건 아니지??

#형!!
#형 설마...
#지금 달리는 건 아니지~~~~???

#형~
#형~~!
#아자씨이~~~!!
#같이가아~~~!!!!

그게 뭐라고

나의 MBTI가 뭐냐고
물으면

용감한 수호자라
말한다.

용감한 수호자가
뭐냐고 물으면

나의 MBTI라고
말한다.

고깟 알파벳 4개를
외우지 못해

매번
이지경이다.

왜....

못 외우냐고......

.

.

.

.

.

#그 옛날 우리 때는
#혈액형으로
#성격을 유추했다.

#요즘 젊은이들은
#MBTI로
#사람을 짐작한다.

#친구에게 물었다
#넌 MBTI가 뭐야?

#친구가 답한다
#무슨....외교관이던데~~

#너나....
#나나~~~

#고놈의 알파벳 4개

#절대 입에 붙지 않는구나

사나이 배포

그놈의
호오텔 뷔페가 뭐라고

전날은 굶고
당일은 뻗쳐 입고

시간 맞춰 몰려가

걸신들린 촌스런 무리임을
눈치채지 못하도록

표정은 침착하게~
걸음은 느긋하게~

흡사
매일 먹는 음식인 듯
굶주린 흥분을
나른한 익숙함으로 감추고

각자 공격할
코너를 돌며

신줏단지 모시듯 품은
허어연 접시위에

여백의 미를 살리며
오와 열을 맞춰 테트리스 게임하듯

남이 해준 정성을
정성껏 담는다.

일행이지만

먹는 속도도,
먹고 싶은 것도,

다 다른
세 명의 줌마는

계주선수 바통 터치하듯

번갈아
테이블을 차지하고

혼밥인 듯 혼밥 아닌
혼밥같은 밥을 먹으며

제대로 신이 났다.

.

.

.

.

.

#형카드를 쥐고 나와
#생일턱으로 호텔 뷔페를 쏜 친구

#남편이 죽이기야 하겠냐는
#친구의 사나이 배포에

#형 모르는 형 한 턱이
#유행이라 알려줬다

#자기가 한 밥에 물린

#세명의 줌마는

#같이 갔지만
#같이 먹지 못하는
#뷔페의 아이러니 속에

#오랜만에 먹는
#남이 해준 밥은

#라면땅에 별사탕 같이
#겁나게 달콤했다

회색분자

이 나이 되어보니

싫은 것이
막~

싫은 것만은 아니며,

좋은 것이
막~

좋은 것만도 아니고,

괜찮은 게
꼭~

괜찮은 것도 아니며,

불편한 게

꼭~
참을 수 없을 만큼도 아니고,

맛없는 게
완전~

못 먹을 만큼도 아니며,

맛있는 게
완전~

살 떨릴 만큼 맛있는 것도 아니다.

이젠
술에 술 탄 듯
물에 물 탄 듯

네 맛도
내 맛도 아닌

좋은게 좋은
그냥 그런 사람이 되어간다.

#몸도
#생각도
#점점 두리뭉실뭉실해져 간다

#배달 앱을 한참 들여다봐도
#딱히 땡기는 게 없다

#그런데
#요상하게
#사람 싫은 건
#점점 더 못 참겠다

#이젠
#인맥이랄 것도 없는 전화번호가
#더 단출해져 간다

#좋은 사람들과 보내기도 짧은 생을

#굳이
#뭐 하러

#아닌 사람을 참아내나 싶다

아니 그냥 그렇다구...

빨래를 꺼내다
세탁기에 빠져
콰악~!

죽거들랑...

락스 청소하다
허연 거품 물고 사지 발발 떨다
콰악~!

죽거들랑...

돌아서면 쌓이는 컵을 닦느라
쐐가 빠져
콰악~!

죽거들랑...

겨나온 물건들을 제자리에 놓느라

도가니가 녹아

콰악~!

죽거들랑...

곱게 화장해서

백화점 명품관에
싸악~뿌려달라고 형에게 말했다.

형은

비행기 태워
이태리 밀라노 명품거리에
훝뿌려준다며

선심을 쓴다.

더 좋은 곳에 보내준다는데
왜

기분이가

더러운지.

알 길이 읎네...

.

.

.

.

.

#나는 통돌이 예찬가
#세탁을 끝낸 통돌이가 건조기가 되고
#건조된 빨래를
#위로 밀어 올려주면 좋겠다

#아파트 식당에서
#조식을 먹는 세상에

#아파트에서
#화장실 청소도 해주면 좋겠다

#스스로 청소하고
#스스로 충전하는 세상에

#겨 나온 모든 물건들이
#스스로 제자리로 겨 가면 좋겠다

#생물이든 무생물이든
#그냥 지들이 다 알아서 하면 좋겠다

#그냥
#그랬으면 좋겠다고~~

#아니 말도 못하남? ㅎㅎㅎㅎ.......

요즘 나는

지적이고 싶으나
책은 쳐다만 보고

옷은 많이 사지만
나갈 데가 없다.

식탐 마왕인데
먹고 싶은 건 없고

사람 좋아하지만
사람이 꽤나...

피곤하다.

전업주부인데
살림은 귀찮고

커리어 우먼 부러운데
일하는 건

또

싫다.

사람을 뺀
모든
생물과 무생물에

무지개빛 감정을 입히는
요즘의 나

참 좋은데
참 싫기도 하다.

와....

이거

뭐지...

.

.

.

#아이들 키울 땐
#참 치열하게 살았다

#돌아보면
#나름 치열이지

#다른 엄마들과 같은
#절실함이었지 싶으나

#내 작은 그릇으로는
#넘치게 애쓴듯하다

#아이들은 컷지만
#아직은 꽉찬 둥지인데

#열심히 했던
#그 모든 것들이
#다

#하기 싫어지니

#어쩐다....

완전범죄

굶어도
굶은 줄 모르는 뇌에게

활자 한 푼 적선하려
책을

집어 들었다.

그래....

패션의 완성엔
얼굴이고

우아한 늙음엔
책이 필수지.

소파에 앉아

커피 한 잔 옆에 놓고

책을 펼쳤다.

음....

소파에 앉으니
허리가 좀....

비스듬히 기대볼까?....
.
.
.
.
.
크어어억! 컥컥!!

....

요란한 소리에
번쩍 눈을 뜨니

더 놀란 털뭉치가

으르렁
이빨을 드러낸다.

저 시키가......

아무 일
없는 것처럼,

소리 내
책을 읽은 것처럼,

중얼중얼

책장을 넘기며
커피를 홀짝였다.

완
벽

그 자체였다.

#쩝.....
#나도 내소리에
#느무느무

#놀랐다 이놈아

#책은 역시
#먹지 않는 수면제

#그 짧은 시간
#램수면이라니

#책을 꼭 읽어야 맛인가
#만져봤으니

#됐다 야

EPISODE 2

이심전심? 동상이몽!

부러우면 진다

털뭉치가 형을,
나도 형을 기다렸다.

퇴근한 형이
털뭉치를 꼭 안으며

기다렸쪄 ~ 기다렸쪄여어~
한다.

나도....
기다렸어 형.....

털뭉치가 밥을,
나도 밥을 먹었다.

흐뭇하게 보던 형은
털뭉치를 쓰다듬으며

배고파쪄~ 배고파쪄여~

한다.

나도...
배고팠어 형....

털뭉치가 쉬를,
나도 쉬를 했다.

환하게 웃으며 형이
털뭉치에게 간식을 주며

싸쩌 싸쩌~ 배변판에 싸쪄여어~
한다.

나도...
화장실에 쌌어 형....

털뭉치가 털을,
나도 털을 밀었다.

눈에 꿀을 고드름처럼 매단 형이
털뭉치 얼굴을 매만지며

이뻐져쩌~ 이뻐져쩌여~

한다.

나도....

깎꼬 뽂꼬 했어 형....

같은 행동...

다른 대접!!..

.

.

.

.

.

#친구는

#남편이 자기를

#자기 집 개만큼만 대해줘도

#자기도 남편을

#자기 집 개만큼 대해 줄 수 있다며

#입에 마른오징어를 물었다

___

#나는
#너도 말로 짓지 말고
#개소리로 왈왈 짖고

#남편이 오면
#네발로 뛰어나가 안기라며

#오징어 다리하나 쭉 찢어 물었다

#왠지.....
#친구와 내가 씹는 건

#오징어가 아닌 것 같은

#느낌적인 느낌

부창부수

상가 왼쪽
사람만한 입간판에

팬티 한 장 덜렁 걸친
근육남의 복근은

어때! ~ 끝내주지!! ~
라고 말을 하고,

상가 오른쪽
사람만한 입간판에

기본만 간신히 걸친
대문자 에스녀의 허리는

이런게 진정 허리지!!
라고 말을 한다.

"참 놔~~

"몸이 테두리만 있으면 되지
"근육과 라인을 워따 쓰는 감~~"

투게더 3통이 든
검정 봉다리를 흔들며
알 수 없다는 듯

형이 나를 본다.

"자기야
"저런 사진은
다~~~ 사기야 사기~!!"

형에게 바짝 붙어
팔짱을 끼며
진짜 웃긴다는 듯

나도 형을 본다.

.

.

.

.

#남자는
#몸의 근육으로 말을 하고

#여자는
#몸의 라인으로 말을 한다는

#동네 헬스클럽
#광고 문구..!!

#그래....

#라인으로 말해야 한다면

#평생 닥쳐야 하는
#내 입에

#오버로크를 쳐라 이것들아아~~~

빨간불이 떴다!!

그동안 살아온
삶을 부정한

피검사의 살벌한 결과에
형은

독립선언서 발표하듯
비장한 마음으로

한 달 동안의 금주와
아침, 저녁 스쿼트 100개를
선언했다.

첫째 날..
둘째 날..
셋째 날..

아침, 저녁 거실에서

이대근의 표효소리가 들린다.

으아아아!!
으라차차차차!!
아자자자자자자!!!

형.........

그러다 목젖에

왕짜 생기겠어...
.

.

.

.

.

#남편의 건강에 빨간불이 떴다
#본인도 놀라고, 나도 놀라고
#예전엔
#잘 먹이고 잘 재우면 괜찮았는데
#이젠
#잘 먹이고 잘 재워도

#깽동까지 않는 남편

#덜컥 겁이 나
#잔소리에 모터를 달았다

#목젖에만 왕짜 세길끄야!!!

#좌로 굴러! 우로 굴러!
#헛둘! 헛둘!

#깨끗한 피로 다시 태어나

#살벌한 칼날을 휘두른
#의사의 입에

#재갈을 물려주시구라~~

변해가네

연애할 땐

울렁울렁
찌릿찌릿
파바바팍

서로
보기만 해도 좋아서 몸이
전기뱀장어가 됐다.

신혼땐

네 엄마
내 엄마
네 가족
내 가족

서로
상종 못할 집구석임을 확인했다.

아이들이 클 땐

네 유전자
내 유전자
내 조상
네 조상

서로
손해 보는 장사였음을 어필했다.

지금...

살아보니,
이상하게,
자꾸....

당신 덕에가
발목을 잡는다.

어디 가서
무시당하지 않는 것도...

아이들이
사람 구실 하는 것도...

부모님이
편안한 것도...

살아보니
이상하게
자꾸

허연 머리,
배불뚝이,
먹보,
잠보,
예민이.

당신 덕인 것 같은....

.

.

.

.

.

#살아온 세월의 결과를 떠나
#살아온 세월의 애씀이 보여 짠하다

#내가 엎어져 죽어도 모르는
#형의 주말 낮잠과
#배고프다며 먹는 한술이...

#나의 눈치를 살피는 몸짓과
#소파에 늘어진 육신이...
#자꾸

#눈에 밟힌다

#평생
#자식이 발목을 잡더니

#살만하니 이젠
#형이

#내 발목을 잡으려나보다

#아우 지겨워 진짜!!!~~~~~

명절루틴

느끼한 거 먹고
자고 일어나니 속이 느끼해

매콤한 거 먹고 잔다.

매콤한 거 먹고
자고 일어나니 속이 매콤해

느끼한 거 먹고 또 잔다.

위가
버거워할 듯하면

뱃속에 엉겨있는
느끼와 매콤 사이사이에

탄산과 식혜를
드리 부으며

죈종일 반복되는

먹고 자고

자고 먹기 신공!

연휴첫날의 인간과

연휴마지막날의 짐승은

같은 듯 다른 인간

다른 듯 같은 짐승

.

.

.

.

.

#아이들이 어릴 땐

#어떻게든 시간을 내 여행을 다녔지만

#각자 바쁜 요즘

#명절 연휴에 휴식이란

#침대와 소파에 들러붙어

#들러붙은 쪽이 저리면

#차라리 돌아누울지언정
#절대 상반신을 일으키지 않는

#일어서면 죽는 게임

#형은 연휴 내내
#애 낳은 산모처럼 먹고자며
#몸조리를 하더니

#동그랑땡만했던 얼굴이
#파전만해졌다

#이젠 파전이 형이네....
#확 ! 마 ! 묵어부러 ??

#묵어브러 ! 묵어브러~~~!!!!

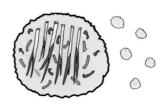

예전 같지 않아

마느라~~
마누라아~ 어디가써~~
마눌라~~! 으디가써어어~~!!

마늘과 며늘과 마눌

이 세 단어 어딘가에
혀를 걸치고

연말에만
몇 번 오던

주정뱅이 최씨 아자씨는
요즘

예전 주량의
반만 마셔도

눈꺼플보다 무거운

고주망태씨를 업고

현관문으로 비틀비틀
뜬금없이 들어선다.

형도 이제

목마른 세월을
벌컥벌컥

마시나 보다.

.

.

.

.

.

#나이 듦은
#그게 뭐든
#예전같지 않음이다

#하루 이틀 괴롭던
#남편의 숙취는

#예전의 반만 마셔도
#평생 괴로울 것처럼
#오래가고

#그렇게 찾던
#마누라대신

#말귀도 못 알아듣는
#강아지만 연신
#찾아댄다

#예전 같으면
#바로 참 교육 당첨이지만

#이젠 나도

#예전 같은 교육열이

#읎따아..

서른

내 아들의
서른에서

내 남편의
서른이 보인다.

서른의 남편에겐

부양해야 하는 부모와
2살짜리 어린 아들

세상 물정 모르고
눈만 말똥거리는 철없는 아내
그리고...

빚이 있었다.

한없이
어린것 같은

내 아들의 서른에서

어깨에
한 가마니 짐을 진

내 남편의
서른이.....

아리고

아프게 보인다.
.
.
.
.
.
#그때 그렇게
#세상 든든했던 남편이
#고작 서른이었다니....

#얼마나 무거웠을까
#얼마나 두려웠을까

#진짜
#뭘 모르니 겁없이 결혼을 했네

#눈에 안 보일 땐
#최선을 다해
#아껴줘야지 하다가

#눈에 보이면
#또또

#나의 잔소리 병이 도지니.....

#미안햐 형

#입을 꿰맬 수는 읎짜녀~~

주머니 터는 법

형에게 무심히 던졌다.

"그래서..
 언제 사줄 건데?"

"??....뭐얼??"

형이 나를 멀뚱 본다.

"아~ 상가에
 왕밤만 한 진주가 주정주렁 달린
 으리 뻔쩍한 그 진주목걸이이 ~~!

"?????????????????"

형의 동공이
요동친다.

"왜 이래.......

이쁘다니까 사준다며!......"

"??????? 내가???"

"뭐야~~
640만 원도 준다며~~~!!"

"????? 내가?????????"

"내가 건! 니가 건!
줄 돈 빨랑 주고,
살 거 빨랑 사!!

피보고 싶지 않으면.......!!.."

??????............!!!!

" 목걸이만 이쁜 거로 살까?~"

형이 웃는다.

"나니까 목걸이 하나에

넘어가는 줄 알어~!!
다른 여자였다면
당장 640 달라고 하지 ! "

그런데~~
그 여자 이혼한 거 아러어??"

형이
정신 차리기 전에,

형이
과거를 더듬기 전에,

얼른!
신속히!
재빠르게!

공기의 흐름을 바꾸는

나다.

.

.

#형이 모르는 건
#당연하다

#그런말 한적이
#절대로

#없으니까....ㅋ

#긴가민가 하는 형을

#당신이 그랬다고
#희번덕거리면

#가끔씩
#손 안 대고 코를 풀 수 있다.

#개이득~~

먹이사슬

거실 창 앞에
서서

남편이 읊조린다.

여기는
세렝게티 초원이야...

나는 맨 아래
초식 동물,

당신은 맨 위
포식자!..

머리를 돌려
내려다보는 눈길에

꼬치에
어묵을 꽂듯

나를 꽂는다.

나는

아까의 재랄 발광은
잊은 채

원 데이 투 데이도 아닌데

뭘 새삼스레
서러우냐는 듯

다른 집도 다
그러하다는 듯

고 까짓 거 가지고
쪼잔하다는 듯

형의 엉덩이를

툭
툭

치고는

남편이 뜨끈하게 먹을

찐한 잔치국수의
육수가 될

자알생긴
멸치를 찾아

총총총

냉장고로 향했다.

.

.

.

.

.

#자식은
#내가 어렵게 한 발을 쏘면
#그 한발 받고
#백발을 쏘기에

#자식에게 쏘는 한발에는
#신중함을 싣고

#나머지 99발은
#남편에게 난사한다

#마음에 안 드는
#자식들의 단점은

#죄~~~~~~다

#남편 유전자 같으니 원....

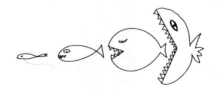

용서는 없다

백화점은
여전히 화려했고

내 심장은 요동쳤다.

환하게 웃으며 쇼핑 가방을 든
젊은 여자는

내 남편의 팔짱을 끼고
연신 웃어댔고

쫙 빼 입은 형은
그녀의 웃음에 녹아나고 있었다.

백화점 기둥마다 몸을 숨기며
미행하는 나의 분노는

나를 녹이고
백화점을 불태웠다.

내.....
저......
년놈을.!.......
가만두지 않으리...!!.....

닭의 모가지를
한 번에 비틀 듯

주리를 틀고 말겠다는 일념으로
뒤를 밟았다.

눈물이 났다.

쏟아지는 눈물로
앞이 보이지 않는다.

이 꼴을 보려고 내가....

이 꼬올 으을~~
보오 려어 고오~~~~

사암십 녀언 으을~~~~~~~

흐어훟엏엉엉 ~~~~~~~~~~~

흐느끼는 소리에
눈을 뜨니

어슴푸레 밝아오는
새벽.

돌아누운
형의 등이 보인다.

꿈이네...........아....냐...............

꿈이건.....!

아니건.......!!

형의 뒷통수를 노려보다

세상 모르고 자는
형의 등짝을 내리찍으며

그녀언!!!!
누구야아아!!!!!!!!!!~~~~~~

다 주겨 버리끄야아!!!!!~~~~~~~
.
.
.
.
.

#아내의 유혹을 보고 쫌 흥분했나 보다
#형은
#자신은 심장마비로 죽겠다며
#자다 당한 봉변에 기막혀 한다

#꿈이라도 분이 불리지 않는다

#겁나게 사랑하는 것도
#미치게 좋아하는 것도 아닌데

#년놈을 가루로 만들지 못하고
#꿈에서 깨어난 것이
#천추의 한이다

\#바람피우는 것들은 다

\#광화문 이순신장군 칼끝에

\#아주 그냥

\#대롱대롱 묶어놔

\#배신의 값을 치루게 해야 한다

나는 그냥....

나는 그냥
점심 같이 먹자는 말에
살짝

설렜을 뿐이야.

나는 그냥
새로 산 스커트가 이뻐서
기분이

좋았을 뿐이야.

나는 그냥
해장 스파게티의 얼큰함에
많이

흡족했을 뿐이야.

나는 그냥

와이셔츠에 늘 뭘 묻혀오는
당신의 칠칠함이
심히

걱정됐을 뿐이야.

나는 그냥
다정한 다른 부부들처럼
당신의 목에 냅킨을
둘러주고

싶었을 뿐이야.

나는 그냥
펼쳐진 냅킨 끝이 시뻘건 국물에
푸우욱 담겨졌는지

몰랐을 뿐이야.

나는 그냥
당신 앞에서 그 냅킨을
탈 탈

털었을 뿐인데....

그냥
그랬을뿐인데........

우째

이

런

일

이..............
.
.
.
.
.
#냅킨이 흠뻑 빨아들인
#스파게티의 해장 국물은
#남편을

#시뻘건 칠을 하고 전쟁 나가는
#마사이족으로 만들었다

#나는
#으찌나 당황을 했는지
#AI처럼 웃으며

#헛소리를 지껄였다

#아니~
#그러게 왜~~
#냅킨도 혼자 못 두르냐고
#하.하.하.하.하.하............

#형님....
#기이냥....

#죽여주십쇼

영..감..탱..

강아지를 사이에 두고
남편과 나란히 앉아
tv를 본다.

뭐가
걸리는 게 있는지

뭐가
미안한 게 있는지

남편이

내 무릎을 쓰다듬는 손길이
애틋하기도 하다.

' 아~따~
참~나~~
왜이랴아~~~~ '

나이 드니
아내밖에 없다는 걸

이제사
아는 건가

이제야
철이 드나

아이들이 떠나면
부부밖에 더 있겠나...

세상 뚝뚝이가
이렇게 마음을 표현하니

고맙기도 하다.

그래 그래~~
저녁이라도
잘 차려 먹이자
.
마음먹고 있는데~~~~~~

" 어??

 당신 무릎이었어??

 난 또 ~~

 바울이 발인 줄 알았네~~~

 아 하하하하핳핳핳칼칵~~~ "

....

혼자 신난

저 영감탱...

우.

째.

야.

쓰.

까.....

.

.

#바울=우리 집 털뭉치 이름

#털뭉치가
#내 옆에만 붙어있으니
#종종 일어나는
#부작용

#어느 날
#딸도 내 손을
#애틋하게 쓰다듬길래

#혼자
#뭉클했는데

#엉?
#엄마 손이네
#난 또 바울이 배인 줄~~~
#ㅋㅋㅋㅋㅋ

#어쩐지....
#생전 안 하던 걸 한다 했다 내가

#개만도 못하다 나는

이제야 보이는

파자마 차림으로

착한 사람 눈에만 보인다는
투명 기타를 메고

살며시
감은 눈으로

TV 속 현란한 기타리스트와
합을 맞춰

온 몸을
흔들어 재끼는 형.

한참을 무심히 보다
나는

느닷없는
울컥에

명치가 아렸다.

살면서
참

되고 싶은 게 많았을 남편...

살면서
참

하고 싶은 게 많았을 남편...

사느라
참

고단했을 남편...

사느라
참
애쓴 남편...

개던 빨래를 멈추고

박수를 치며

브라보를 외쳤다.

지금 형이
자신이라 상상하는

그 멋진 기타리스트에게...

지금 내 눈에

둠치 ~두둠칫 ~~
흥에 겨운

속옷 차림의
귀여운 배불뚝이

멋진
나의 반쪽에게 ...

.

.

.

#배에 그렇게 기타치다

#살이
#다 ....

#까지겠어

#언제까지
#안 할 거야

#접은 빨래
#빨리 각방 서랍에

#가져다 넣지 그래.....

#아직까진
#내가

#웃고 있잖아?!

#얼 !
#른 !

장남의 약속

/

3개월 입원하셨던
시아버지가

돌아가셨다.

관에
마지막 한마디를 적으라는
장례지도사의 말에

막내 시누이는
아빠 사랑해라고 썼고

둘째 시동생은
아버지 미안해라고 흐느꼈고

맏이인 내 남편은
아버지 걱정 마세요라고 적었다.

그 말의 무게가 느껴진

내가 낳은 내 아들은

자신의 아버지를 보며
평생 처음

뜨거운 눈물을 흘렸다.

오늘 내 남편은
아버지를 잃고

아들을 얻었다.

.

.

.

.

.

#남편에게 말했다

#혹시 당신이 먼저가면
#나를 자식에게 부탁하지 말라고
#당신없는 날들도
#지금처럼

#혼자 사부작 사부작
#잘 살거라고

#그러니 당신도
#혹시 내가 없어도

#혼자 자부작 자부작
#잘 살라고

#당신은 맏이 노릇에 뼈를 갈아
#억울할 수도 있겠지만

#그냥
#그러라고

#안그러면
#확

#데리러 온다고....

EPISODE 3

부모라는 이름으로

속내

봄에 말한다.

"봄볕에 며느리 내보내고
 가을볕에 딸 내보낸다는데

 선크림 듬뿍듬뿍
 꼭꼭 발라야 해 알겠지? "

젊음의 빛만 믿는
딸에게

새로운 소식인 것처럼
눈알을 굴리며 힘주어 당부한다.

가을에 말한다.

"가을볕에 며느리 내보내고
 봄볕에 딸을 내보낸다는데

맨 얼굴로 다니지 말고
선크림 듬뿍듬뿍
꼭꼭 발라야 해 알겠지?"

....

"엄마!
"그럼 딸은 언제 내보내?? "

....

그냥....

안 내보내...

안 내보내고 싶지.. 딸은...

안 내보내고 싶어..... 딸은......

.

.

.

.

#나에게 귀한 딸이
#다른 이에게도 귀한 사람이길

#우리 집 딸로
#남의 집에 시집가 보니
#남의 집 딸은 남의 집 딸

#꼭 뭘 어떻게 해서가 아니라....
#그냥 남의 집 딸이지

#좋은 사람 좋은 가족 만나
#행복하길 기도하지만
#마음 한편은

#뭘..

#굳이......

추행범과 꽃뱀

여자가
주변에 있으면

앞으로 나란히 만큼 떨어져
양손을 겨드랑이에 끼고

겨털로
손목을 묶어버리라고

남편과 아들에게 당부한다.

무서운 세상은

인구의 절반인
여자들을

내 남편과 내 아들
잡아먹을

잠재적 꽃뱀으로 만들어 버린다.

남자가
친절하고 호의적이면

반드시
딴 생각이 있는 것이니

늙은 놈도 젊은 놈도
죄다 경계해야 한다고

내 딸에게 당부한다.

무서운 세상은

인구의 절반인
남자들을

내 딸의
인생을 망칠

잠재적 추행범으로 만들어 버린다.

세상 모든 집엔

잠재적 추행범과
잠재적 꽃뱀이

함께

살아간다
.
.
.
.
.
#다 누구네 집
#남편 아내 아들 딸인데

#세상은
#서로를 경계하고
#서로를 두려워하게 한다

#세상은 이제
#뒷통수에도

#눈을 달아야 한다고 한다

#몸은 점점
#살기 편한 세상이 되어가고

#마음은 점점

#살기 힘든 세상이 되어간다

그리운 등짝스메싱

길바닥에서
악을 쓰며 우는 아이에게

그랬구나~
짜증 났구나~
속이 많이 상했구나~를 반복하며

쭈그려 앉은
아이 엄마를 보며.....

문득
어린 날

남동생과
싸움이라도 하게 되면

속옷바람으로 쫓거나

대문 앞에

손들고 서있었던

그날들이 소환된다.

손들고 대문 앞에
인상 쓰고 있는 꼬꼬마들에게

오가며 던진
동네사람들의 말들은

서로를 향한 원망에서
서로를 향한 미안함이 되어

아픈 팔을 내려 쉴 수 있게
망을 봐주는

애틋한 비밀이 되었고

아껴놓은 알사탕 한 개
동생 입에 넣어주는 것으로
사과를 대신했던
기억은

살면서 가끔 한 번씩 켜는
성냥불처럼

따뜻한 온기로

여전히 남아있다.
.
.
.
.
.

#지금 같으면
#아동학대로 은팔찌 차겠지만

#일정한 나이까진
#정해진 규칙에 의한 체벌은
#필요하다 생각하기에

#우는 아이를
#하염없이 달래며

#그랬구나를 연발하는

#아이엄마가
#답답하고 안쓰러웠다

#엄마한테

#등짝정돈 맞아줘야 되는데....

이래~ 저래~

아들이
여자친구가 없을 땐

5년 발효된
된장 냄새 풍기며

공전하듯
부모를 맴돌까
걱정되더니

막상
여자 친구가 있으니

뱃속 혼수 미리 해올까
슬쩍

걱정이 된다.

딸이

남자친구가 없을 땐

다크서클 늘어진
처녀귀신이 되어

히스테리 장인으로
거듭날까 걱정되더니
막상

남자 친구가 생기니
뱃속 혼수 미리 해갈까

살 떨리게
걱정이 된다

자식은

즈응~~~ 말..........

.

.

.

.

#남들 보긴 다 큰 성인
#내가 보긴 아직...
#뭐든
#아~~~~~직....이다

#별걱정 다한다 싶지만
#그 별걱정을 다하는게
#부모

#그 옛날

#집 앞 전봇대에 기댄
#웃기는 짬뽕과

#그 앞에서
#여수짓에 한껏 물오른
#나에게

#자앙!!!!!

#겨영!!!!!
#자아아아아!!!!!!!!!!!!!!

#다급하게 외치던
#엄마의

#그 복식 호흡을

#너무나 이해할 것 같다

Ps : 웃기는 짬뽕은 젊을때 남편의 별명

부작용

세상엔
이상한 여자도
이상한 집안도
너무나 많기에

그런 사람들과
만나지 않기를 바라는 마음에

사랑과 전쟁 짤로
속성 과외를 시킨 아들은

엄마~~
엄마는
저런 시어머니처럼 하지 마 알았지?
한다

???????????

....

세상엔
이상한 남자도
이상한 집안도
너무나 많기에

연애의 참견 짤로
속성 과외를 시킨 딸은

엄마~~
나는
남자 못 만나게써어!!~~~
한다

????????????
....

세상 모든 일엔

부작용이 따르기 마련이지

하.하.하.하.하.하........
아~놔.......

#오마이갓~~
#오마이갓~~~

#아들은
#사랑과 전쟁 짤을 보며
#결혼에 대한 환상이

#김가루처럼
#바스러지고 있고

#헐~~
#헐~~~

#딸은
#연애의 참견 짤을 보며
#남자에 대한 환상이

#각질처럼
#벗겨지고 있다

#.... 괜한 짓 했나 싶은데.....
#쩝.......

대단한 착각

시니어 클럽 할머니들의
친목 커피타임.

며느리이야기엔
연합군이 되어

서로의 며느리를
난사하기 바쁘고,

아들이야기엔
각개전투로

듣든지 말든지
각자의 아들 자랑에 정신이 없다.

남의 딸이
꼬리 아홉 개 달린 상여우지만

내 아들 다칠라

여우의 정체를
밝힐 수도 없고,

등에 빨대 꼽히고도
꼽힌 줄도 모르는

한없이 착한 내 아들의

볼 때마다 빠진
살도,

희끗희끗한
흰머리도,

지난번과 똑같이 입은
줄무늬 남방도,

그저

안타까울 따름이다.
·
·

#친정엄마도 가끔
#마음에 담아두었던
#며느리의 단점을 이야기한다

#남의 딸 잘못이 아니라
#엄마아들 잘못이라고 매몰차게 말한다

#남의 딸이
#남의 아들이

#그 정도 애써주면
#고마워해야 한다고 말을 하며

#나도
#미래의 나에게

#정신 바짝 차리라고

#구랫나루를 잡아당겨 본다

숟가락에 올린 사랑

밥은 사랑이다.

그 밥 한술
먹이기 위해

어린 엄마는

아장아장 걷는 아이의 뒤를
종일 따라다니고

그 밥 한술
먹이기 위해

갱년기 엄마는

스스로 시한폭탄이 된
사춘기 아이를 끌어안고

그 밥 한술

먹이기 위해

아내는
새벽 출근하는 남편보다
더 이른 아침을 맞이하며

그놈의 밥 한술
맘껏 먹이기 위해

가장은

세상의 총질을
견뎌낸다.

숟가락에
고봉밥처럼 가득 얹은

그놈의
밥 한술은

서로를 살리는
지독한 사랑이다.

#고3 때
#6시까지 학교에 가기 위해
#5시에 일에 나면

#아버지는 연탄불에
#내가 머리 감을
#뜨거운 물을 끓이고

#엄마는 곤로에
#된장찌개를 끓였다

#일찍 일어나는 딸보다
#더 일찍 일어나
#그들이 만든

#따뜻한 물과
#따뜻한 밥은

#말보다 더 그득한

#사랑이었다.

그림자를 보는 사람들

/

마음을 표현하지도,
굳이 원하는 걸 말하지도 않는
무뚝뚝한 아빠에게

책을 내밀며
내 이름을 톡톡 쳤다.

나를 보는 아빠의 눈이
첫눈을 처음 본 아이의 눈빛처럼
환하고 쨍하다.

" 내가 썼어 "

" .... "

" 여기 엄마 아빠 이야기도 좀 있어 "

" .... "

" 아니 왜 지금 봐~ 안돼 안돼! "

" 나 가면 읽어!! "

"그래......................... "

아빠는
해 질 녘까지
골목을 헤매다 들어온
꼬질꼬질한 어린 날의 나를 만지듯

소매를 당겨 쥔
주먹으로

빤딱빤딱한
새 책의 표지를

닦고 닦고
쓰다듬고 쓰다듬으며

입이 아닌
마음에

그 수많은 말을

담아낸다

.

.

.

.

.

#엄마는
#앞의 몇 장을 읽고는

#글을 쓸 때의 내 마음이 보여
#눈물이 나서 못 읽겠다고
#아직도 표지만 만지고 있다

#부모는
#자식의 좋은 일에도
#빛나는 앞모습뿐만 아니라

#이루려 애쓴
#그동안의 고단함을 본다

#자식의 미소가 환할수록
#더 짙은 그림자를 보는 사람

#부모는

#그런 사람들인가 보다

사랑의 색은 다 다르다

아버지는

자식의 진가를 누군가
알아주길 바라는 마음으로

딸의 책을
주변에 선물하고,

엄마는

고단함이 녹아있는
딸의 책을

많은 사람들이 읽는 게
속이 상하다.

오늘도
아버지는

지인에게 선물할
내 책을

성경과 함께 교회에 가져가려
정성스레 가방에 넣고,

오늘도
엄마는

아버지 가방에 누워있는
내 고단함을 걷어내려

호시탐탐
기회를 엿본다.

사랑이라는
이름은 같아도

색이 다른 사랑이다.

·

·

·

#내 책이 사장되는 게
#아쉬운 친정아버지는

#지인들에게
#딸의 책을 선물하며
#책이

#널리 알려지길 바라고

#책의 곳곳에 웅크린
#자신이 몰랐던
#딸의 고단한 시간들이

#마음 아픈 친정엄마는

#지인들이 그 사실을 아는 게
#속이 상하다

#다 이해되는

#다른 색 사랑이다

팔은 안으로

사위가 아무리
귀하다 해도

내 아들만큼
귀할 수는 없고,

며느리가 아무리
예뻐도

내 딸만큼
어여쁠 수는 없지.

시부모가 아무리
좋은들

내 부모만큼은
아니며,

장인 장모가 아무리

애틋해도

내 부모만큼
아릴 순 없어.

사위와 며느리는

피로 묶인
그곳에...

피인 듯
묻어있는

빨간 얼룩...

우린 모두
어느 가문, 어느 댁, 어느 집안의

오래되어
말라붙은...

혹은

아직 촉촉한

그저
빨간.....

얼룩들일 뿐.

.

.

.

.

.

#이 나이에도 시부모에게
#예스만 외쳐야 하는 게
#서글프면서도

#내 주장을 하면
#또 뭐하나 싶다

#나도 아들이 있으니
#시어머니 자리에
#앉아야 하는데

#마음이 꽤나 복잡하다

#아마 나는 며느리에게
#입도 뻥긋 못하것지
#안봐도 비디오

#껴도 제대로 낀
#압사당 할

#낀세대

미생

아빠 또래 상사의
눈치도 보고,

엄마 또래 선배의
쿠사리도 듣고,

오빠 또래 사수의
무시도 당한다.

부모 돈을
내 돈처럼 쓸 땐
몰랐던

치사한 돈의 위력과

당해보지 않아
느끼지 못했던

자비 없는 세상에

내가 낳은
내 새끼는

새벽마다
곤죽이 되어

현관문에 들어선다.

.

.

.

.

.

#월화수목금금금

#매일 야근에 매일 새벽 퇴근
#주말이 없다.

#기어들어오는
#아이를 보며

#아이고 아가~.....
#탄식이 절로 나온다.

#새삼
#남편이 대단하다는 생각과
#혼자 편한것 같았던
#그동안의 세월에

#명치가

#짜르르르하다.

꽃이 될 수 있도록

식물도

물도 주고,
사랑도 주고,
관심도 주고,
이름도 불러줘야

그것답게 큰다.

사람도

관심도 받고,
사랑도 받고,
애정도 받고,
이름도 불려져야

그답게 산다.

식물도

사람도

사는데 필요한 건

다아....

같은 모양이다.

.

.

.

.

.

#적절한 사랑과

#보살핌을 받지 못한 금쪽이는

#더 이상 금쪽이가 아니듯

#인간사 제일 필요한 건

#살피고

#알아주는

#그 마음 하나 !

#필요한 것이
#소소하기도 허다만....

#그 소소한 것들의 부족은
#사는 내내

#정신이 타는 갈증을 부른다

도미노 게임

딸이 던진
짜증의 공을 맞은 나는

그 공을
외출하는 아들에게 던졌고,

느닷없는 공에
기분이 상한 아들은

약속시간에 늦었다고 핀잔주는
여자친구에게 던졌다.

아들의 여자친구는
그 어이없는 짜증의 공을
도로 아들에게 던졌고,

아들은 집에 와
침묵의 공까지 나에게 던졌다.

하루를 돌고 돌아
내 품에 다시 온
반갑지 않은 이 공을....

부모의 자리값이라 여기며
언치듯 먹고

억울한 맛을 느낄 것인가!
아니면

다른 이에게 던져

또 다른 렐리를 시작 할 것인가!
.
.
.
.
.

#자식도
#조금 어려운 자식이 있고
#조금 편한 자식이 있나 보다

#아들이 좀 더 편하다 보니
#늘
#내 마음의
#봄 여름 가을 겨울을
#적나라하게 보여준다

#내가
#현명하고 지혜로운 사람이었다면
#좋았을 걸

#또 후회하고
#또 후회하면서도

#또 그지경의 삶이다

니가 왜 거기서 나와

비 오는 날

우산 속
꽁냥꽁냥 연인은

지하철 역과 아파트 사이를
왔다리~ 갔다리~

누구 하나
집에 갈 생각이 없다.

저 연인은

손끝만 닿아도
찌릿찌릿,

눈빛만 봐도
쿵쾅 쿵쾅,

자석처럼 들러붙는

두 이입쑤울~~~~ ,

지금 !

딱 !

고 단계인 듯 하다.

부럽따아~~

부러워어~~~

.

.

.

...........엉????

아덜??????????...........

아덜이?????????????...........

저 시끼.........

하라는 공부는 안하고......................

.

.

.

#비 오는 날
#친구네 아파트 앞 커피숍

#같은 길을 계속 왔다 갔다 하는
#창밖에 우산 속 연인

#저것들 오늘 집엔 갈 수 있것냐 ~
#한때다~ 한때~
#그렇게 좋냐~

#둘이 주거니 받거니
#깔깔거리다가

#친구가 벌떡 일어나
#창문에 들러붙는다

#아니...
#저시끼가 미쳤나....
#하라는 공부는 안 하고.....

#꿍냥꿍냥
#왔다리갔다리

#우산 쓴 연인 중 남자는

#친구의 늦둥이 외아들......

#나는 지..지..집에 가야겄다

안다.. 그래서....

철마다 꽃은
그저 피고
그저 지고,

계절은
그저 가고
그저 온다.

때마다 단풍은
그저 물들 뿐이고,

해가

그저 뜨고
그저 지면...

달도

그저 뜨고

그저 진다.

저들은
자신에게 주어진 삶을

그저 묵묵히 살아갈 뿐인데....

오직
사람만이

자신을 위한
자신의 삶을 살며

그렇게...

유세를 떤다.

.

.

.

.

.

#안다...

#우리가 살아온 세상보다
#기회가 적다는 걸

#안다...
#우리가 살아온 세상보다
#더 애써야 한다는 걸

#안다...
#그나마 표현할 곳이
#이 차가운 세상 부모밖에 없다는 걸

#우린
#핏줄 터진 내 부모의 삶이 안쓰러워
#마음껏 하지 못했던 그 투정

#그래서 어딘지 모르게
#한기와 체기가 돌던

#그 청춘의 시간들

#그래....
#그래서 이해한다

#그래….

#그래서 아프다

#그래

#그래서…………

그렇게 닮아 간다

어릴 때

끼니 준비하며
뜨거운 냄비를 맨손으로 집어
덥석

상에 올리는 엄마를...

파마하고
분홍색 보자기를 머리에 둘러 쓰고
당당히

집으로 오는 엄마를....

가족들이 남긴 잔반으로
양푼 가득 비빔밥을 만들어
싹싹

비벼 먹는 엄마를....

지하철에서 절친을 만들고
목적지에선 미련 없이

내려버리는 엄마를....
도저히

이해할 수가 없었다.

지금.....

그때의 엄마 나이가 된
나도

내 딸이
화들짝 놀라

눈알이
튀어나올 일을

너무나,

당당히,

덥석,

아무렇지도 않게

하고 있다.
.
.
.
.
.
#엄마!!!!

#냄비를 맨손으로 집어
#식탁에 올리는
#나에게

#딸이
#눈을 하얗게 흘긴다

#안 뜨거 안 뜨거어
#아무렇지도 않어ㅎㅎㅎㅎㅎㅎ

#내가 그렇게 이해 못 했던
#친정엄마의 모습을

#닮아간다

#이젠
#목소리도 행동도 닮아있다

#.......내 딸이 걱정이네

#참 나

똥내 No.5

응아를 하려면~ 말을 해야지이~~"

팔뚝에
유치원 가방을 끼고

천하장사 쌀가마니 들듯
아이를 안고 뛰는

백옥 같은 피부에
하늘거리는 원피스를 입은
젊은 엄마는

아이 엉덩이를
연신 흘깃거리며

다급하게 말을 한다.

"아니 ~~~
 마려운데에~~~

바지가 안 벗겨져가지고오~~~~ "

코딱지를 파느라
손가락이 콧구멍에 다 들어간
아이를 들고

힘겹게 뛰던
엄마는

체념한 듯 주저앉으며
아이에게 말한다.

"안되겠다......... 뛰자~~~!!"

엄마 팔뚝엔
유치원 가방이

달랑달랑

아이 엉덩이엔
싸지른 한바가지 똥이

들렁들렁

.

.

.

.

.

#씐난 아이는
#자기가 싸지른 똥때문에
#뛰어도 뛰는게 아닌
#전력질주를 한다

#저 아이와 엄마를 보다가

#그 옛날
#첫 아이 낳고
#몇 년 만에 첫 외출했을 때

#마지막으로 갈아 준
#똥기저귀 똥이

#바지에
#범벅이 된 걸 모르고

#똥내 NO.5의 향기을 풍기며

#종로 피카디리극장 앞을
#팔뚝만 한 문어다리를 씹으며

#기쁨이 넘친 미친년처럼
#활보했던

#그때 생각이 났다

EPISODE 4

오지랖퍼의 시선

대역죄인

아니 엄마.......!!
왜 쓸데없는 소리를 하고 그래!
내가 애야??!!!

진료실을 나오며
줄넘기를 하고도 남게
댓 발 나온 입으로

조용하고
참으로 앙칼지게 쏘아붙이는
체육복 입은 여학생은

자신의 엄마를
노려보느라

허연 흰자에 밀린
검은 동자가

뒤통수로

도망갈 지경이다.

걱정되니까 그러지.....

딸의 퍼런 서슬과
흘깃거리는 주변의 눈과 귀에

목구멍에서 나오는 말을
혀로 말아먹으며

혼잣말인 듯
아닌 듯
웅얼거린다.

여학생은
짜증 나고 열받는다
온몸으로 말하고

여학생의 엄마는
뻘쭘하게 눈치 보며
온몸이 안절부절이다.

아마도 저 엄마는
진료실에서

죽을 죄를
ㅋㅇㅇㅇㅇㅇㅇ게

지었나 보다.

.

.

.

.

.

#애야
#그맘때 다 그런다지만
#그맘때 꼭 그러지 않아도 된단다
 (도깨비 대사)

#그 짧은 진료시간에
#의사 앞에서

#너를 낳은 엄마가 할 수 있는 게

#우리 딸

#빨리 낳게 해달라는

#읍소와 부탁 말고 뭐가 더 있겠니....

#남의 일이라면 하지 않을

#몸을 조아리는 일

#자식이라 하는 거야

#너의 원수가

#너의 부모는 아니란다

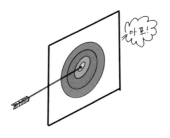

나 이런 사람이야!

자기는
긴말하는
그런 사람 아니란다.

자기는
한말 또 하는
그런 사람 아니란다.

자기는
한번 아니면 죽어도 아닌
그런 사람이란다.

자기는
죽어도 죽는소리 안 하는
그런 사람이란다.

자기는
칼 물고 엎어져도 거짓말 못하는
그런 사람이란다.

젊지도 늙지도 않은
내 또래의 그녀는

곰 한 마리 어부바 한
밍크코트에

굽이 무기가 되는
부츠를 신고

커피숍이 떠나가라
자신을 소개한다.

자신의 예의는
시원~하게

쓰레기통에

처넣었다고.

.

.

.

.

#확성기를 목젖에 심고
#함께 온 사람에게

#자신이 어떤 사람인지
#이야기한다

#힐끗거리는 사람들은 눈길은
#의식하지 않는다

#얼마나
#좋은 사람인지는 몰라도

#얼마나
#예의 없는지는 금방 알겠다

#곱게 나이 드는 건

#스스로 노력해야 되는 일

별일 없는 게 효도다

기름기 없는 손끝에
닳을대로 닳은 손톱.

그 끝에 간신히 달려있는
빨간 매니큐어를 긁어대며

상황이 힘든 자식이
도와달라는
돈이

횟수도
금액도
점점 늘어나

더 이상은 두렵다 말하며
눈물을 흘리는
중년 여인.

할 만큼 했으니

그만해도 된다고
더 이상은 못한다 말해야 한다며

그 여인의 등을 어루만지는
또 다른 여인은

안돼 안돼...
그러면 다 죽어...
그러면 진짜 다 죽는 거야....

신음하듯 흐느낀다.

자글자글한 손으로
눈물을 닦는 여인도,

그 눈물이
안타까운 여인도,

그들을
몰래 바라보는 나도....

자식일에

이성이 함께하지 못함을
안다.

고통스런 저 손바닥 만한 등짝을
위로할 수 있는 것

그것
또한

자식밖에 없다는 것도 ......
.
.
.
.
.
#자식의 고통과
#힘든 상황을

#외면할 수 있는 부모는
#없다

#내 다리가 잘려나가도

#내 자식의 손톱 끝
#까시래기가

#더 마음에 걸리는 사람이
#부모란 존재

#어느 날 로또 자식이 되어
#입신양명하는 것보다

#별일없이 살아주는 게

#세상 큰 효도같다

적응이 안 되네

이놈 때문에

세상은
반만 보이고

이놈 때문에

화장을 해도
눈을 뜬 건지 감은 건지
알 수가 없다며

아이라인을 살뜰히 잡아먹은
자신의 눈꺼풀을

수제비 반죽 떼어내듯
쭉우욱 잡아 늘리는 친구.

눈썹 밑을 잘라 붙여야 하냐 ~
이마 끝을 째서 꿰매야 하냐~

성형외과 의사도 아닌
내게

전설의 고향 귀신 눈알로
희번덕거린다.

나는
촛농처럼 흘러내린 얼굴을
긁어모아

뒤통수에 묶어버리라는
임시방편을

알려줬다.

어쩌면 이 나이엔
성형도

살기 위한 수단일 수도...
.

.

#셋이 동그란 탁자에 모여

#하나는
#오솔길에서 아스팔트가 된
#드넓은 가르마의 휑함을,

#하나는
#눈꺼풀의 선 넘은 행동에
#눈뜬 심봉사가 된 신세를,

#하나는
#부정맥의 치매로
#남편 앞에서 터질 듯 뛰는
#정신 나간 심장을....

#정상 아닌 몸뚱이들을
#하나하나 부검하느라
#커피가 식는 줄도 몰랐다

#식은 커피는
#그래도 마실만 한데

#삐걱거리는 몸뚱이로는
#사는 게 고단 허다.

세상을 얻은 기분

한쪽 어깨는
손녀의 유치원가방을 메고,

한쪽 팔은
손녀의 손을 잡은
할머니가

산책 중인
털뭉치를 보며

"강아지다~ 강아지이~~
 너무 귀엽다~ 그치이~~~ "

할머니가 손녀를 보며
다 들리는 귓속말을 한다.

"나는 할머니가
강아지보다 더 귀여워~~~"

할머니 손에 얼굴을 부비며
툭 던진 손녀의 말에

뒤돌아 나를 보는
할머니의 뿌듯한 자신감이

나폴레옹이고

칭기즈칸이다.
.
.
.
.
.

#징 징 징기즈칸~
#뒤돌아보지 말도
#앞으로 뛰어가라

#징 징 징기스칸~
#청춘의 진실을
#소리 내어 노래하자
#비웃어도 좋다

#우하하하

#외로워도 좋다
#우하하하

#바람만이 아알고 있따~~~

#당당한 할머니의 뒷모습에서
#그 옛날 친구들과
#목청껏 부르던

#징기즈칸 노래가

#환청처럼 들린다
.
.
.
#.....호옥시......
#나만 아는가.......
#이 노래....................

그냥 가는 거지

인생에 답이 어디 있어
그냥 사는 거지

지금
이게 맞냐고 물어본들

사람은
아는 놈이 없고,

신은
대답이 없고....

그러니
어쩌겠어

앞에 놓인
하루하루 밟고

가는 거지 그냥...

혹
육두문자로
매 맞는 날도 있고,

혹
피로
칠갑하는 날도 있고,

혹
눈물로
샤워하는 날도 있지만...

어쩌다
좋아 죽는 날을
기대하고,

어쩌다
입 찢어지게 웃을 날을
고대하며,

또
하루하루

밟고 가는 거지 그냥....

.

.

.

.

.

#재수 좋은 누구는

#태어난 김에
#세계를 돌고

#능력보다 뛰어난 외모가
#이번생에 쿠션이 되기도 하지만

#눈감으면 자고
#눈뜨면 하루를 사는
#대부분의 평범한 사람들은

#그저 내일은 오늘보다
#조금 좋기를 기대하며

#그렇게 산다

#참

#너나 나나

#별스럽지 않은 인생이다

마음에 대한 개인적 고찰

마음이란 게
꼭....

습자지 같지.

금방 물들고,
쉽게 찢기고,
단번에 구겨져.

익숙해지려
단단해지려
아무리 애를 써도

그리되진 않더라구...

그러고 보면
그냥....

처음부터 그렇게

만들어졌나 봐

그러니

물든 마음이
찢어진 마음이
구겨진 마음이

바보 같이 울먹이는
나 때문은 아닌 거야...

그냥

처음부터
그렇게

생겨먹은 거야

마음이란 놈은

.

.

.

#가까울수록

#기대할수록

#최선을 다할수록

#더 좋아하는 쪽이

#더 사랑하는 쪽이

#더 정성을 들이는 쪽이

#상처받고 아프기 마련이다

#그러니

#내가 누군가에게

#상처를 받았다면

#나는 그에게

#진심으로

#진심이었다는 것

거기서 거기

누구나

삶의 접시가
깨지는 순간이 있다.

누구나

진흙탕에 엎어져
목놓아 우는 순간이 있다.

삶은 다

거기서 거기.

자랑으로 늘어진
누군가의 삶도....

유유자적한
그네들의 삶도...

슬며시 돌아본
삶의 그림자엔

나와
다르지 않는

서러움이 있다.

나와
다르지 않는

흉터가 있다.

서러운 상처가
흉터로

아물어가는 시간...

그것이

우리의 삶이다.

.

#은근슬쩍 자랑하는
#명품에도

#대 놓고 하는
#자식 자랑에도

#없는 척 신명난
#돈 자랑에도

#그들의 발끝에
#붙어있는

#검은 삶의 그림자

#앞모습이 화려해
#눈이 부셔도

#누구에게나
#그림자는 있다

#누구에게나
#고단한 흉터는 있기 마련이다

#그게 인생이니까

현실 자각

왕년의 화려함이
늙음의 자신감이던 여자는

독립한 자식 덕분에

등에 들러붙어 있던
질긴 집귀신을 털어내고
드디어

자신을 기다려준
세상에

안녕을 외쳤건만....

평생을
우리에 갇혀살다 탈출한
그 어떤

어미 사자처럼

세상 어디도...
어느 곳 하나...
어디 한 뼘...

반겨 머무를 곳 없어

30년을 맴돌던 집구석으로
다시 들어가

이젠 스스로

집귀신임을 자처한다.
.

.

.

.

.

#머물러있는 능력을 가진
#나이 든 여자가 할 수 있는 일은

#허드렛일 말고는 없었다
#집에서 한 허드렛일 30여 년

#뭐하나 야물딱진 것이 없으니
#뭐하나 내세울 것도 없다

#학창 시절 내내
#구령대에서 상을 받고
#명문대 간 그녀나

#학창 시절 내내
#구령대 밑에서 박수만 치다
#간신히 대학 간 나나

#30여 년 집안일은
#같은 수준으로 만들어 버렸다

#나에겐.......

#개이득ㅋㅋㅎㅎㅎㅎㅎㅎ...쩝.......

늘 지금처럼

음식점 계산대 앞

중년 여인들의
실랑이가 요란하다.

잰걸음으로 계산대로 뛰어간
초록 원피스가
서둘러 꺼낸 카드는

나 때문에 모였으니
내가 산다는
땡땡이 블라우스가 가로채

냅다 집어던졌고,

땡땡이 블라우스가
주인장 코앞에 흔들어댄
구찌 지갑은

주인장의 이마에
자신의 카드를 꽂으며
땡땡이 블라우스의 손모가지를
냅다 꺾은

24k 금목걸이에게
저지 당했다.

한 발 뒤의 왕잠자리 선글라스는
있는 놈은 다르다며
24k 금목걸이의 어깨를
냅다 주무르며 신이 났다.

누가 봐도
저 넷이 작당하여

카드 모서리로
주인장을 처단하고 튈 기세라
주인장은

코앞의 수선스러움에
한껏 예민하다.

그래...

누가 내든 저들의 우정이

지금처럼 영원하길

기대해 본다.

.

.

.

.

.

#이름도 몰라

#성도 몰라

#그러니 보이는 대로 막 불러본다

#초록 원피스

#땡땡이 블라우스

#24k 금목걸이

#왕잠자리 선글라스

#저들이

#늘 지금처럼 돈독하길

\#비 오는 날도
\#따뜻한 날도
\#인생의 고단함을 함께 하며

\#서로의 허기를

\#지금처럼 달래주길

인간 군상

꿀떡을 집어 든 손가락이
부러지도록 낀
맨홀 뚜껑 같은 누런 금반지.

허벅지 같은 목에
둘둘 말린
누런 금목걸이.

귓볼을 땅으로 끌어내린
아령 같은 누런 금귀걸이.

꿀떡을 먹으려
벌린 입으로 보이는
누런 금니.

족히

태국의 금불상이 강림한 듯
금으로 칠갑을 하고

절편

두 팩을 사며

꿀떡을 한주먹 집어먹는 여자...

시식은 안된다며

내젓는

마디 굵고 주름진

떡집 여사장의

거친 손은

엄지손톱만 한 꿀떡

딱 하나

먹었을 뿐인데

주인장이 야박하다며

볼이 미어터지는

태국 금불상에게는

그저

잘 가라는

인사쯤인 건가......

.

.

.

.

.

#떡을 펼쳐놓은 재래시장 떡집

#빨랫줄에 빨래 널 듯
#온몸에 금붙이를 널고 온 여자는

#카드 계산하는 동안
#꿀떡을 씹지도 않고

#계속 볼에 밀어 넣었다

#태국 금불상이
#백주대낮에

#대놓고 절도를 한다

#남의 땀도

#귀하고 아프게 느껴야

#사람이다

직감

고기 빼주세요!!!

크게 말은 했지만

그녀의 귀에는
들리지 않을 거란 걸 안다.

나는

다시 해달라
입술도 달싹이지 못하고

고기고명 가득 올려진
피자를 들고
터덜터덜

집으로 가게 될 거란 걸
직감했다.

오늘이
첫날인 것 같은

그녀의
길 잃은 손이...

그녀의
흔들리는 눈동자가...

그녀의 씰룩이는
미간의 세로 주름이...

눈은 울고
입은 웃는

그녀의
널뛰는 표정이...

너는 분명
그리될 거라고

등을 떠민다.

#아들이 생각났다
#딸이 생각났다

#백화점 아르바이트생의 서투름은
#난감했지만

#긴 줄에 주눅 든 학생은
#거의
#울고 있었다

#뒤에 선 사람들에게 들리도록

#천천히 해요
#괜찮아요를 외쳤다

#하루종일
#버벅거릴 그녀에게

#누구라도

#버럭 하지 않기를 바라며

꽃집의 어느 날

꽃집 하는 딸이
대목인 5월.

바쁜 딸이 안쓰러운
나이 지긋한 아버지는

종종거리는 딸의
발끝에서

서툼과 굼뜸으로
꽃을 팔고,

한푼이라도
더 벌고 싶은 딸은

발끝에서
걸리적거리는

서툴고 굼뜬

자신의 아버지에게

퉁명하다.

5월 8일
그 날이 뭐라고....

그놈의 돈이
효자고

그까짓 돈이

불효다.

.

.

.

.

.

#내 부모에게 드릴
#꽃을 사며
#남의 부모
#눈치를 본 날

#이름 붙은
#무슨 무슨 날....

#그날의 주인공이라고
#모두 행복하진 않다

#가끔은

#내 행복이
#다른 이의 가슴에
#눈물이 될 수 있다는 걸

#염두에 두고
#살아야한다

#우린 모두
#한세대를 함께 살아가는

#전우들이니까

이유나 알자

출퇴근
하루 3시간을 걷고

술과 담배를
멀리하며

잡곡밥에
제철 과일과 나물을 먹고

과식은 모르며
밀가루는 어쩌다 한번

향긋한 차와
명상을 즐긴다는

날렵한 몸매에
깨끗한 피를 소유한
건강 전도사인

그는

.

.

.

.

.

간암 3기 판정을 받았다.

.

.

삶이란

애쓴다고
그 애씀에

가산점을 주진
않나 보다.

정해져있는 형태의 삶을
각자

짊어지고 태어나

그대로 살아갈 뿐...

.

.

.

.

.

#벌어진 입을
#닫을 수가 없고
#태어나면서부터
#정해진 것 같은 운명에

#기운이 빠진다

#사는 동안
#행복하고 싶어 하는

#그 모든 노력들이
#그 모든 정성들이
#그 모든 애씀들이

#물거품이 되지 않기를...
#배신당하지 않기를...

#참으로

#우린 모두

#최선을 다해

#살아내고 있지 않는가

에필로그 ◇◇◇◇◇◇◇◇◇◇◇◇◇◇◇◇◇◇◇◇◇◇◇◇◇◇◇◇◇◇

고단한 삶에
별사탕 같은 당신의 순간들을

응원합니다.

늘 그랬듯
늘 그렇게 살아갈 당신에게
가끔은

기다리지 않고도 켜지는
신호등 같은

은근
기분 좋은 날들이 있기를

응원합니다.

지금을 살며

그때 선택하지 못한 것들에
미련이 흐를때
가끔은

지금의 선택 또한
장하다고 말해주는 누군가
당신 옆에 있기를

응원합니다.

쏟아 부운 애씀의 크기만큼
실패의 쓴맛에 가슴이 아려도

당신의 마음이
누룩 같은 시간들로
잘 발효되기를

응원합니다.

순간은 길고
영원은 짧은 것 같은
고단한 삶에

건빵 안의 별사탕 같은
순간들이

불청객처럼 불쑥불쑥
당신을 찾아오기를

진심으로 응원합니다.
.
.
.
끝으로

공중에 뿌린
수많은 나의 허황된 말들을
말없이 주워

찰떡처럼 표지에 그려 준

나의 소중한 친구
혜선에게

존경과 감사와 사랑을 전합니다.